KB263619

나의
다정한
행복에게

나의 다정한 행복에게

"반가워, 네가 곧 온다고 바람이 들려줬어"

글·사진 윤혜옥

더케이북스

말을 걸다

나는 어느 자리에서도 두각을 나타내는 사람이 아니다. 있는 듯 없는 듯 조용히 한 구석을 차지하는 사람. 말하기보다는 듣는 쪽에 서 있는 사람. 그렇다고 남의 말에 깊이 귀 기울여 듣는 것도 아니면서, 그저 고개를 끄덕일 줄 아는 정도의 사람.

왜 나는 주로 말하지 않을까 생각해 본 적이 있다. 천성이 조용해서? 아니다. 오랜 궁금증 끝에 내린 결론은 하나였다. '관심'이 없어서다. 타인에게 관심이 있어야 궁금한 것이 생기고, 궁금해야 말을 건네게 된다. 그렇다면 나는 왜 관심이 없을까? 그리고 어떻게 해야 관심이 생길까? 누가 시킨다고 되는, 억지로 생기는 성질의 것도 아닌데.

30년이라는 공무원 생활은 누군가의 말에 귀 기울이기보다는 '예의'라는 포장을 두르고 적당한 거리를 유지하는 법만 익숙해졌다. 그럴수록 사는 재미는 멀어졌다. 그날이 그날 같은 일상이 밋밋했고 잘 못살고 있는 것 같았다. 사람을 더 만나보아도 운동을 시작해보아도 채워지지 않는 무언가가 늘 뒷덜미를 잡고 있었다.

작정해서가 아니라 그저 더딘 시도 중 하나로 책을 읽기 시작했다. 《스토너》를 읽으며 사회적으로 그저 그런 한 사람의 삶도 얼마나 깊고 단단한 의미를 품는지 알게 됐고, 암 선고를 받은 이가 환자의 일상을 기록한 《아침의 피아노》를 읽으며, 밥을 먹고 걷고 음악을 듣는 이 당연했던 일들이 얼마나 값진 순간들인지도 깨달아갔다.

그렇게 한 권 한 권을 읽으며 내 말문이 터졌다. 책 속 삶들이 내게 먼저 말을 걸어왔고, 나도 그들에게 묻기 시작했다. 그리고 마침내 알았다. 내가 타인에게 관심이 없었던 이유는 나 자신에게 관심이 없었기 때문이었다고. 다른 사람에겐 예의의 형식이라고 갖췄지만 정작 나에게는 무례할 정도로 무관심했다. 내 이야기를 들어주지도 않았다. 나를 모르는 사람이 어찌 타인의 인생을 받아들일 여유가 있었겠는가.

알고 보니 나는 조용한 사람이 아니었다. 내 안에서는 늘 시끄러웠다. 말들이 웅성거렸다. 단지, 알아채지 못했을 뿐이었다. 들으려고 하지 않았을 뿐이었다.

이 책에 실린 글들은 그 웅성거림을 비로소 알아차린 순간들의 기록이다. 글을 쓰자 내 안에 묻어두었던 목소리들이 흘러나왔다. 난 이런 게 좋아, 그때 힘들었어. 부끄러웠어, 미안했어, 사랑해 줘…. 읽기와 쓰기는 방치했던 '내 안의 나'를 다시 데려오는 과정이었다.

우연히 시작한 사진도 또 다른 책이자 쓰기가 되어 나를 이해하게 하는 동행이 되어줬다. 내 이야기를 듣고 인정해주자 신기하게도 남들의 이야기가 들리기 시작했다. 그들의 희로애락에 울고 웃는 나는 이제 예전의 내가 아니다. 어김없이 찾아오는 계절에도, 주변의 사물에도, 나는 말을 걸게 되었다. 그렇게 뒷덜미가 가벼워지고 일상이 빛나기 시작했다.

당신 안에는 아직 만나지 않은 이야기가 있다.

이 책이 당신 스스로 다정하게 말을 걸어보는 시간이 되길.

Contents

Part 2 너라는 존재가 가르쳐준 다정의 법칙

———

Part 3　계절이 건네준 다정한 위로들

—

Part 1

내가
나에게 건네는
가장 다정한 응원

“어떤 날의 나라도,

나는 끝까지 나의 편이 되기로 했다.”

나의 다정한 행복에게

바람이 많이 불어

그러면

파도가 거세지겠지

그래도 난 꿈적 안 해

구름이 심술을 부려

그러면

바다가 낯빛을 잃겠지

그래도 난 괜찮아

태양이 이글거려

그러면

들뜬 햇볕이 눈을 찌르겠지

그래도 난 견딜 수 있어

알지?

휘청이는 바람에도

어두운 협박에도

찬란한 유혹에도

흔들릴 수 없는 이유

나는

나의 온 몸으로

너를 기다려

너를

shall we dance

당신

오늘은 왜 이리 지쳐 있어?

내일 일이 걱정이야?

혼자라 외로워?

세상 다 그런 거라잖아

지친 건 쉬어 가라는 거고

내일 일은 내일 생각해도 되고

인생은 누구나 다 외로운 거야

비가 쏟아져

아무 생각 말고

그냥 멈춰

춤 춰

아껴 두면 마음도 굳는데

제일 화사한 맘으로 갈아입고

그냥 몸을 움직여

빗소리에 몸을 맡겨

준비됐지?

폭염 속의 고백

연일 폭염주의보

하늘에는 곳곳에 화재경보가 울려 대

하루 갈무리로 정갈하게,

사뭇 도도하던 네 모습 간데없어

홍역 앓는 어린아이 고열처럼

헤어진 연인 잊으려 숨 차 오르게

달려내는 청춘의 심장처럼

하늘은 제정신이 아니야

체온보다 웃도는 기온의 기세는

여차하면 땅도 삼켜 태워버리겠노라

선전포고 중

연일 폭염주의보, 하늘이 타올라

그럼에도

눅눅한 내 심장은 꿈쩍 안 해

가슴을 꾹 찔러 꺼낸 심장

네게 보내

쨍하게 마르라고

말려달라고

소주 한잔

제3의 연령이란

바삐 걷다 어느 순간

멈추어

자신의 발길을 돌아보는 거

수없이 저물었을 노을 지는

어느 한 날

하늘과 바다를 지나치지 못하고 마주하는 거

폭풍처럼 달려온 삶이

육체 곳곳에 박혀 있음을 알게 되는 거

그리고

하루를 마감하라 재촉하는 태양의 배려에

집으로 향하는 허리 휜 할머니와

잠시 일상을 제쳐둔 이름 모를 그네들까지도 사랑하는 거

그런 거야

중년이란 이름표는

이제야 비로소 보이는 풍경이 쌓여 갈 때 생겨

그나저나,

오늘은 할머니 집 옆

횟집에 들어가

소주 한잔하면 딱 좋을 날이야

발걸음은 알고 있었다

의도된 사망 선고를 받은

과거를

깊은 무덤 속에

잘

묻었습니다

새로운 혁명을 꿈꾸는

오늘은

태양을 향해 달리며

잘

숨 쉬고 있습니다

그럴수록

과거와 오늘은 엇갈립니다

나는 자주 사라져갑니다

머리는 혼돈에 빠지고

심장은 차갑게 식어갑니다

빛줄기를 탐하는 마음과는 달리

발걸음은 무덤을 쫓습니다

과거를

음습한 곳에 두는 게 아니었나 봅니다

과거는

태양에 바싹 말려 호주머니에 넣고 다녀야 했나 봅니다

발걸음은 이미 그것을 알고 있었나 봅니다

숨과 쉼[*]

어쩌다 이곳까지 왔는지

사연은 묻지 않을게

잠시라도 숨 돌리고

조금 더 잠시라도 쉴 수 있도록

걸음을 멈춰 볼게

순간이 몇 차례 쌓이자

알아챘다

너의 쉼이 나의 큰 숨이 된다는 걸

네가 나를 쉬게 해준다는 걸

* 〈바닥〉에 수록됨

마음 문

한숨 돌리고 보니

그럴 수도 있는 일이었어

잠시 눈을 감고 있으려니

부끄러워

비가 들이치더라도

열어놓길 잘했어

머뭇거리지 않고

살포시

돌아올 수 있어서

잠시만요!

지금 당신 기분 어때요?

기분 좋은 일이 있다면

말해봐요

들어줄게요

머릿속이 복잡해 터질 것 같다면

딱 멈춰

5분만

생각도 내려놓아요

헤어 나오기 힘든 무기력에 빠져 있다면

창문을 살짝 열고

지나는 바람 한번 맞아보세요

잠깐이면 돼요

아주 잠깐, 앉았다 가세요

잠시만

아주 잠시만이라도

당신을 만나고 가세요

여행의 이유

익숙하던 공기 사이로 서름한 기운이 파고들어

무뎌진 감각 틈으로 낯선 바람이 스쳐

어둑한 터널에서 새어 나오는 의문의 기운

빗물의 마찰을 뚫고

낯선 남자가 걸어 나와

잠들었던 의식 사이로 푸르무레한 설렘이 파고들어

덜 깬 뇌파 틈으로 빠르게 다이돌핀이 스쳐

무뎌진 심장에서 퍼져 나오는 박동의 재촉

낯선 향기를 뚫고

어제와 다른 여자가 걸어 나와

무대와 주인공

살면서 주인공인 적이 있었나 싶으신 분

시나리오 걱정은 하지 마세요

당신이 하고 싶은 대로 하면 됩니다

천천히 걸어와

서기만 해도

이야기는 시작돼요

당신이 여는 마음만큼

그들의 세계가 열릴 거예요

당신의 열정만큼

관객들이 환호해 줄 거예요

신기하죠

무대가 없으면 주인공도 없다는 걸

이제야 알겠네요

당신의 무대, 기대할게요

분명과 불분명 사이에서

나는

뚜렷하게 알 수 있는

선명하게 드러난 모습이 좋다고 말했다

너는

선명해서 되레 끌리지 않는다고 했다

그러더니 고개를 돌리며 중얼거렸다

때론

확실하고 분명하게 아는 것보다

분명하지 않아서

온갖 상상을 할 수 있고

온갖 꿈을 꿀 수도 있지

더 많은 것을 품을 수 있어서 좋아

너의 말을 곰곰이 되뇌어본다

흔적

해변가 모래사장

무수한 발자국이 겹겹이 쌓였다

프레임이 나를 이끈다

이걸 찍으라고

왜, 하며 카메라를 쳐다보자

카메라는 그것도 모르겠냐는 듯

버튼을 누르라고 재촉했다

누군가의 발자국 하나

또 다른 이 하나

자꾸 자꾸 프레임으로 달려든다

쌓이고 쌓인 발길이 담은 사연이

빨려 들어온다

수많은 사람들이 깨어난다

셔터는

이름 모를 그네들의 서사를 알리는

단초

셔터 너머에서

나는 그들의 이름 없는 하루를

건져 올린다

묻는 사람

너는 누구니?

두 개의 자음과 네 개의 모음이 모여

나를 지목했다

낯익은 글자

어렵지 않은 단어

뭐 그런 시시한 걸 묻느냐고

눈 한번 흘겨주고

대답하려는 순간

……

알아버렸다

아직도

내가 누구인지 모른다는 걸

그것을 알기 위해

지금까지도 헤매고 있다는 걸

앞으로도 그러리라는 걸

대답하지 못한 채

나는 오늘도

질문 속에 서 있다

바다가 들은 이야기

새벽 어스름

발가락 사이

모래알의 수다

간 밤

긴 꿈의 무게를

바다에 하나씩 덜어내었다

미안해

이럴 때만 너를 찾아서

고마워

이렇게 받아줘서

존재의 이유

빛은 빛만으로는

빛나지 않는다

어둠은 어둠만으로는

아무것도 아니다

경계선 게임

이쪽과 저쪽이 달라 보이지 않는데

왜 갈라놓았을까

왜 그곳을 경계선으로 만들었을까

어쩌면 사는 일이

이유 없이

경계를 긋는 행위의 반복인지도 몰라

선을 지워도 다를 게 없다는 걸 알면서도

우리는 여전히 그 위에 서서 서로를 가르는걸

이젠 너무 익숙해져서

그 게임을 멈출 수가 없나 보다

내 속엔 내가 너무도 많아

바람의 무게만큼이나 가볍게

당신을 스쳐 가

공기의 존재만큼이나 당연하게

당신을 잊곤 해

모래 알갱이보다 더 많은

당신을 기억 못 해

너무 자주 모습을 바꿔버리기에

당신은 종잡을 수 없어

아,

이제서야

생각해 봐

누가 당신을 하나라고 했던가를

누가 당신을

하나의 모습으로 가두려 했던가를

사슬의 욕망

가까이 가지 마라

손 잡지 마라

경계하라

입을 봉하라

하나하나의 고리가 되어 발목을 묶어버렸다

기다려라

눈 맞춤하라

애태우지 마라

마음을 열어라

사슬의 본능은 풀리기 위한 욕망으로 가득하리니

잊지 마라

기억하라

안심하지 마라

자만하지 마라

본능은 충족된 욕망을 더 이상 욕망하지 않으리니

예정된 만남

기울어져가는 방 한 칸,

낡은 주택 뒤에는

45층 고층 아파트가 버티고 있다

한 뼘도 안 되는 거리

손 내밀면 닿을 거리

점차 눈에 익어가는 프레임

오래도록 그 자리에 머물러도

익숙한 맘은 일방통행

낯선 이방인만 늘어 가네

어떤 이유에서인지

나와 그대의

방향이 틀어지고 있다고

수다쟁이 전선이 말해줬다

내 시선은 5도 기울기

그대는 13도

지금은 엇나가도

가다 보면 만나질 운명이길

그러니까 우리, 수평만 아니면 돼

약간만

조금만

기울어지자

기울어져 살자

나는 5도

그대는 13도

5월

계절의 경계를 오가던 어느 날

초록의 잎들은

촉촉한 스킨을 토닥이며 제 빛을 뽐낸다

웅크렸던 장미도 지지개를 켜며

누군가 걸었던 걸음을 소환하고

누군가 걸을 걸음들을 기다려본다

공기는 물기 먹어 늘어난 체중으로

깨어난 장미와

달리는 차들과

버스 안의 사람들에게

성큼거린 삶들을 기웃거리며

봄날의 눈도장을 찍어낸다

문 너머의 기억

문만 보면 눈동자가 커진다

고궁을 걷다 창호지 방문을 볼 때

문고리 너머에는

누가 살았을까

어떤 이야기들이 담겨 있을까

골목길 닫힌 대문을 볼 때

어떤 생로병사를 품고 있을까

어떤 희로애락이 피고 지고 있을까

그리고,

그래서,

그 삶과 나는 무슨 연관이 있을까

문득 알 것 같다

문은 늘 남의 이야기를 하고 있었지만

내가 묻고 있던 건

결국 나의 시간

열리지 않은 문들 앞에서

나는

아직 꺼내지 못한

내 기억을 더듬고 있었다

가끔은 그를 내버려 두는 게 좋아

잠시만 멈춰줘, 잠시만

네 이름도

파도 소리도

바람도

모두, 잠시만

이름도 필요 없이

소리도 상관없이

바람도 알지 못하게

그를 내버려 둬

홀로여도 외롭지 않을 만큼

홀로여도 누군가를 위로해 줄 만큼

차오르도록 단단해지도록

조금, 아주 조금만이라도

그만을 바라볼 수 있게

그 작은 고요 속에서

다시 그를 채워 넣을 수 있게

수문장 (守門將)

당신이 물었습니다

기울어진 눈으로 어정쩡하게

이 세상을 지켜낼 수 있겠느냐고

당신이 또 말했습니다

그렇게 중심 못 잡으면

휘청거리다 쓰러질 거라고

나는 대답했습니다

보이지 않나요?

내가 얼마나 완강하게 버티고 있는지

모르겠나요?

바람이 앗아간 눈자위엔

고성능 레이더들이 돋아나

새로운 눈으로

균형을 잡고 있다는 것을요

믿어요

나는 당신을 지켜줄게요

예술 공장

이야기가 전해져

사람들은 완벽한 예술품을 갈망했대

아무리 밤낮으로 일해도

예술 공장 생산품은 언제나 뭔가 부족했다고 해

그러던 중 어떤 한 사람이

가장 완벽하고 아름다운 예술품을 발견한 거야

그는 더 이상 예술품을 만들 이유가 없다며

자신만의 인생을 찾아 공장을 떠났대

무작정 그를 따르는 이도 있었고,

그의 말을 믿지 않는 이들도 있었지

그 후로는 공장의 활기는 점점 사라져 갔대

하지만,

아직도 어딘가에서

많은 이들이

자신만의 예술작품을 만들기 위해

그래서 떠나기 위해

공장을 지키고 있대

소문이 그래, 소문이

그림자와 그림자의 이러쿵저러쿵

때론 귀찮게 따라다니고

때론 순식간에 사라져 버리더라

때론 땅딸보로 바짝 엎드리고

때론 거인이 되어 위협해

때론 몸속으로 스며들고

때론 몸 밖으로 탈출을 시도해

나인가 싶다가도

내가 아닌가 싶어

나일 리가 없어

다시 보고 다시 봐도 나야

결국

둘 사이에 머물기로 했어

오늘도

나를 닮은

수많은 사람들이

그림자의 이러쿵저러쿵을 하고 있어

이러쿵저러쿵

그는 알고 있었다

그는 뜬금없이 내 앞을 막아섰다

그래, 가던 길 멈출게

그러니까 이제 말해봐!

속상한 일 있어?

……

어디 아파?

……

누가 죽기라도 했어?

……

갑자기 꿀 먹은 벙어리가 됐어?

......

그동안 잘 살아왔잖아!

잘 버텨왔잖아!

새삼스레 요즘 더 힘들어?

......

뭐라고 말을 해야 알지

나도 몰라! 그냥 가버릴 거야!!!

그제야 그가 겨우 건넨 한마디

"그냥, 너……

너 좀 잠깐 쉬라고,

달리지만 말고 숨 좀 돌리고 가라고."

기다리면 언젠가는 오겠지

당신은 언제 오나요?

하늘에게도

바다에게도

묻다 지친 마음이

하늘만큼 땅만큼이에요

오지 않는다는 고갯짓이라도 하면 좋을 텐데

그만 기다리게

올 거라는 약속의 눈빛이라도 보여주지

기운 좀 내보게

하늘과 바다가 하나인지 둘인지 모를

회색빛 가득한 날에

하염없이

기다립니다

기다립니다

가시가 목련꽃에게 자기만 믿으라고 했어

한 송이의 꽃으로 피어난 네 모습은

거친 가시처럼 버텨낸 시간을

환희로 바꿔버렸지

내 삶의 이유를 깨닫게 했지

마음껏 뽐내렴

세상의 시기 질투 막아줄 테니

몹시 흔들려도 괜찮아

비바람쯤은 오래전부터 잘 아는 사이라

너는 아름답기만 하렴

내가 단단히 받쳐줄 테니

나만 믿어

나만

.

.

.

.

.

.

.

나도

그런 사람이 있었으면 좋겠다

내게도

자꾸 자꾸 잊어버려

긴긴 습한 장마로 피어오른 곰팡이는

비단 아저씨네 담벼락뿐이었을까

메마른 갈증으로 타들어가다 만난 물은

단비 같아 좋았더랬지

촉촉이 시원하게 해갈해 살 것 같았어

좋았어

뭐든 좋기만 하지 않은 거였어

그런 거였어

깜빡했어

어느새

소리 없이 포복하며

스멀스멀 진군하는

균들의 꽃에 포위되어 버린 걸 알게 되지

조여드는 갑갑한 마음이

변해가는 좋았던 마음이

당황스러워지지

차고 넘치면 탈이 나

병이 나

더 이상 반갑지 않아

부담스러워

아는데

들었는데

기억하라고 했는데

어딘가 저장해놓았는데

자꾸 잊어버려

건조한 목마름이 생각나

바싹 마른 담벼락이 그리워

갈증도 갈증도 괜찮아

차고 넘치면 탈이 나

병이 나

더 이상 반갑지 않아

부담스러워

아는데

들었는데

기억하라고 했는데

어딘가 저장해놓았는데

자꾸자꾸 잊어버려

퇴근길

퇴근길,

아침에 다잡아 두었던 마음이 녹는다

집을 나설 때 품고 왔던 숨들이

길 위에서 하나씩 흩어진다

오늘의 나를 접어 안고

다시 숨을 고르러 간다

Part 2

너라는
존재가 가르쳐준
다정의 법칙

"너를 통해

나는 나에게 다정해지는 법을 배웠다."

어제도 오늘도 사랑을 말해

비록 다른 색의 세계에 살았지만

우린 서로 잘 나갔어

우연이었는지 필연이었는지

서로의 존재를 알았어

너의 세상은 신비로웠고

태양은 더욱 뜨겁고 찬란했지

내 세상은 너로 인해 풍성했고

때론 가슴 시리기도 했어

행복했어

서리 내리는 어느 날

바람이 깨운 소리에 눈을 떠 보니

너무 가까워서 보이지 않던

우리를 보았어

아!

내가 너인지

네가 나인지

뒤섞이다 끊어져버린

실타래처럼

그때서야

나는 너를

너는 나를 마주 볼 수 있었어

그제서야 말이지

그래도

뒤돌아서지 않을래

멈추지 않을래

다시 바라볼래

사랑은

끝내 마주 보는 일이라는 걸

이제는 알 것 같아서

가족사진

자! 공연 시작합니다

배우들은 모두 무대로 모여주세요

신년 업무 마감을 앞둔

아빠의 발걸음이 성큼 다가오고

뒤돌면 또 밥때라며 투덜대던

엄마의 잰걸음도 곁으로

이번에는 자기가 주연이라며

화사한 차림의 첫째도 곁으로

요즘 뭐든 괜찮다며 너그러움을 장착한

둘째의 경쾌한 발걸음까지

서로 다른 방향으로 달리다

무대에 올랐다

"찰칵"

무대라는 프레임은

벌써

과거다

사진은

다시는 돌아올 수 없는

순간의 멈춤이다

똑똑!

하루를

각 잡아 포개 접어

쌓으며

꺼져 가는 땅만 마주 보는

발길

미세먼지 바람이

귓볼에 속삭이며

참견하고 가버린다

매일 초인종 소리가 울린다고

시끄러워 죽겠으니

그만 문 좀 열어주라고

그제서야

눈 비비고 고개를 드니

언제부터인지 모를

너의 기다림이

나를 향해 있음을 알았어

눈가에 그렁거리는

물빛이 반짝여

기다림 맞으러

아침에 눈을 뜨면 혹시나

해지는 노을 뒤에 혹시나

겨울이 지나 봄 결에 혹시나

첫 만남의 설렘 끝에 혹시나

이제나 저제나 혹시나

불현듯 어느 꿈결에 혹시나

체념의 틈 사이로 혹시나

혹시나 눈 뜨기 전 가버린 걸까

혹시나 눈부신 빛 속에 사라진 걸까

혹시나 늘 겨울이라 봄이 비켜간 걸까

혹시나 첫 조우의 기억이 달랐던 걸까

혹시나 조바심에 놓친 건 아닐까

혹시나 꿈길에 길을 잃어버린 건 아닐까

혹시나 지우고 싶었던 건 아닐까

혹시나, 혹시나 하며

매 순간을 기다렸어

매 순간은 삶의 전부였음을 깨달았을 때

알았어

기다림은

그가 오기를 바라는 게 아니라

내가 마중하러 가야 한다는 걸

늘 곁에 있던 그를 향해

손을 뻗어야 한다는 걸

그래야 제 모습을 보여준다는 걸

그냥 그대로 있기만 해

너를 보고 있으면

누르고 눌러 쌓인,

하고픈 말 많은데도

흔적도 없이 사라져

듣고픈 말을

바람에 흘려보낸 마음이

먼 시간을 돌아 내 귀를 간지럽혀

마주하지 않아도

같은 곳을 바라봐 줘

말하지 않아도 괜찮아

곁에 있어 줘

그냥 이대로 있기만 해

나는 나대로 당신은 당신대로

빛 바래면 어때

가는 방향 다르면 또 어때

가슴 숭숭 뚫리면 또 어때

그냥,

나는 나대로, 당신은 당신대로

이대로 가면 되지

다른 듯 엇갈린 듯

결국, 우리는

하나의 그림을 만들고 있으니까

결국, 우리는

서로에게로 가는 길일 테니까

너만 괜찮다면

바람이 쌓아놓은 흔적이 가려워도

끄떡없는데

빗물이 슬그머니 미끄러져 들어와도

애교로 봐줄 수 있는데

누군가의 낯선 기웃거림 따위는

아랑곳하지 않을 수 있는데

너만 괜찮다면

너만 중심을 잡아준다면

그날

그를 처음 본 순간

낯선 공기의 파장에 걸려 걸음을 멈췄다

언제부터였을까, 그가 나를 기다려온 건

언제부터였을까, 내가 그를 만나기로 예정된 때는

그는 나를 보자

드디어 왔다는 안도와

왜 이제야 왔느냐는 원망을

찰나의 눈으로 쏟아내고

더는 버틸 수 없다는 듯

눈을 닫았다

나는 그를 깨우지 못하리라는 걸 알아버린다

우연일까

필연일까

둘 사이의 틈이 보이지 않는다

우리는

가늠할 수 없는 그 간극이 불현듯 열리는 어느 날

다시 만나게 될까

당신의 그늘

비 올 때

바람 불 때

따가운 햇살이 들이칠 때

나를 감싸주던 당신이 있었어

내가 평안할 수 있었던 이유가

당신이었어

비가 와도

바람이 불어도

햇살이 쏟아져 내려도

이제 당신, 나를 믿어봐

언제까지 당신 품 안에만 머물 수 없잖아

비가 오고

바람이 불고

따가운 햇살에 타 들어가도

그게 세상이라는데,

이젠 마주해봐야지

좋아해 괜찮아

눈앞에 실체를 바라보느라 그림자에 소홀했다

'좋아해'라는 고백에는

'지금은 그래'라는 단서가 미끄러져 딸려 있다

'괜찮아'라는 말끝에는

'괜찮지 않아'로 돌아설 확률의 발톱이 감춰져 있다

어느 날 그림자가 확연해지는 때가 있다

'좋아해, 괜찮아'의 세상에만 빠져 있다 보니

미끄러지고 감춰진 발톱이

거대해져 있었다

한 발짝 더 오란 말이야

영~차

여~엉~차

이기기 위해 서로 다른 전략으로

이겨야 한다는 서로 같은 마음으로

줄을 당긴다

누구의 전략이

누구의 마음이

조금 더 기우는 쪽이 이기는 거다

운동장에서 용을 쓰던 그때는

짧게 지나가 버렸는데

어째서 인생은 아직도

줄다리기의 연속이야

승산 있는 책략은커녕

상대가 누구인지도, 무엇인지도 모르는

줄다리기 욕망으로 오늘도 외친다

‘아휴, 힘들어. 그냥 내 마음으로 한 발짝만 다가오란 말이야!’

아차, 흥분했다

졌다

사랑해도 될까요

전구는 태양을 사랑한다

태양에 대한 그리움으로 모든 기운을 모아 밤을 밝힌다

훤하게 날이 밝아와 지척에 그가 다가오면

돌아서야 하는 게 전구의 숙명

전구의 태양 앓이는 점점 깊어진다

전구는 태양을 만나게 되면

자신은 그의 빛에 눈이 멀고 타버려 사라지리란 걸 안다

골목을 기웃거리는 내게 전구가 묻는다

자기는 이제 어떻게 해야 하느냐고

골목길을 어슬렁거리다

감당 못할 질문을 받아버렸다

마음을 켜는 일

당신 삶의 음표는 온음표

내 삶의 음표는 4분 음표

또 한 사람은 16분 음표

당신은 여유롭게 리듬을 탄다

나는 적당한 속도라고 안도한다

또 한 사람은 잰걸음으로 분주하다

서로 다른 박자와 리듬으로, 불협화음으로

엉키기도, 충돌하기도 깨지기도 한다

가끔은

그들도 이해할 수 없는

하모니가 울려 퍼지기도 한다

그것을 저장한다

기억한다

연주한다

안심하고 잊었더니

몽우리가 올라온 지

얼마 지나지 않아

하얀 날개를 펼쳐내더니

이내

불꽃같은 짧은 생이 저버렸다

나의 아쉬움 탓이었을까

그는 오래도록 떠나지 못하고

주변을 질척이며 서성거렸다

나의 무심 탓이었을까

그는 뒷모습도 보이지 않고 가버렸다

잊었다
잊은 줄도 모르는 시간이 지났다

하얀 몽우리가 삐죽이 올라오는가 싶더니

또 이내 저버렸다

또 가버렸다

잊었다

잊으려 한 건 아닌데

안심하고 잊었다

목련은 원망도 없이 늘 그렇게 오니까

뻔하게 다시 올 테니까

하지만

결국 잊히는 건 목련이 아니라

내가 될 거라는 걸 예감한 순간

나는 목련을

기억하기로 한다

기승전 미소, 미소, 미소

나 어제 잘못했나 봐, 곰곰이 돌아보자

당신은 다 안다는 듯 웃네

나 오늘 힘들어, 고백하자

당신은 빙긋이 미소 지었어

나 앞으로 괜찮겠지, 묻자

두 손 모아 살포시 웃음기 머금네

이렇게 알 수 없는 미소가 또 있을까

이렇게 담백한 미소가 또 있을까

이렇게 나를 관통하는 미소가 또 있을까

개망초의 넋두리

한때, 사람들의 북적임이 성가셨어

또 한때, 빠져나간 사람들만큼이나 평화로웠지

그리고 또 한때, 고요함이 적막함으로 변해버렸어

그리고 오늘,

개망초가 바람에게 속삭여

그때가 좋았던 시절이었다고,

차라리 싸우는 소리라도 들렸으면 좋겠다고

내 안에 너 있다

잎이 모두 땅에 떨어져도

누군가는

만개한 지난 내 모습을 기억했으면 좋겠어

나라도

기억할 수 있는 거울 하나쯤 가지고 있으면 좋잖아

그래서 사진을 찍어

그녀들의 공모

5학년 그녀들이 뭉쳤다

참 열심히 산 것 같은데

내가 뭘 했나 싶고

아무것도 한 게 없는 것 같고

모두들 앞서가는 것 같고

나만 뒤처지는 것 같단다

잠시 나를 위해 쉬어본 적 없는데

어느 날부터 애들은 자기들 사느라 바쁘고

갑자기 홀로 남겨진 것 같다고

그녀들 중 누군가가 말한다

열심히 산 거 맞고

지금까지 가족들 돌보며 행복했고

나만 뒷걸음치는 거 아니고

꼭 앞서가야 하는 거 아니고

이제는 짬짬이 쉬엄쉬엄 가자고

충분히 그래도 된다고

그리고

자신만 보지 말고

우리 가족만 보지 말고

주변도 보며

새로운 세상 속으로 걸어가자고

오늘은 우리의 가장 젊은 날

오늘은 언제나 시작이라고

그녀들의 공모는 위풍당당하다

그리움의 교차로

안과 밖의 햇살이 기웃거려, 간지러워

이곳과 그곳의 바람이 넘나들어, 시원해

그때 보았던 풍경이 지금은 생경해, 커피가 마시고 싶어

어제와 오늘이 서로를 탐해, 키스하고 싶어

문 한 짝 열어젖히니

이 세계와 그 세계가 요동쳐

그깟 파동에 휘청일 리 없는데

그럴 리 없다고 장담했는데

한 뼘 공간 속으로

온갖 회한이 휘몰아쳐

닫아걸어야 하나 망설이다

그리움의 교차로에 멈춰버렸어

아주 오래된 안부

너의 눈 속에 이유 없이 파묻힐 것 같은 왕눈이 아이 하나

내 맘보다 항상 한 뼘은 커 보이던 아이 하나

엄마보다 내 얘기를 조곤히 들어주던 아이 하나

흩어져 각자의 무늬를 그리며 살다

불현듯 생각나 이리 모여도

신기하게도 예나 지금이나 달라진 게 없다

친구란 몇십 년을 훌쩍 뛰어넘어

오늘에 이어 붙여도 어색하지 않은 사이

그래서 우리는

흩어져 살다 다시 모여도

옛날의 말투로 웃고

오늘의 마음으로 안부를 묻는다

"너 어쩜 하나도 안 변했구나."

거짓말이면서도

거짓이 아닌

한 줄의 인사 앞에서

변한 것들은 뒤로 물러서고

우리의 지금만 또렷해진다

Part 3

계절이
건네준
다정한 위로들

"계절은 늘 먼저 다가와

아무 말 없이 등을 토닥인다."

봄이 다시 내게로 왔다

사무실 화단에 사과꽃이 피었어

지난해에도 화사한 분홍 물빛 머금고

'많이 기다렸지' 하는 눈망울로 나를 보았지

"반가워, 네가 곧 온다고 바람이 들려줬어."

"그랬구나! 나 어때? 예전보다 더 화사해졌지?"

"음, 볼도 통통해지고, 근육도 탄탄해. 근사해."

까르륵 까르륵

시간이 멈춘 것 같은 사과꽃의 기쁜 웃음소리에

문득 내년에는

그녀를 보지 못할 거란 생각이 들었어

내 마음대로

언제든 볼 수 있을 줄 알았어

이것이 마지막이라 생각하니

시무룩해진 나는 말했지

“내년에는 널 못 볼 거야.”

일그러진 내 표정에도 미소를 거두지 않고

사과꽃이 말했어

“알고 있어. 그렇지만 나는 봄마다 너를 만나,

너를 닮은 너를 만나.

만남은 눈으로만 이뤄지는 게 아니야.

나를 반긴 네 눈빛을 기억해.

그 기억들은 늘 생생해.”

“그러니까 우리 다시 만나자.”

상심으로 치장한 나의 투정이 진정됐어

바람 꽃[*]

너를 만나기 위해 산을 올랐어

너를 만나기 위해 계곡을 헤매야 했어

너를 앞에 두고도 눈맞춤이 어려워

너를 앞에 두고도 말 한마디 조심스러워

너를 향한 눈동자가 요동칠까 봐

너를 향한 책망의 시간이 드러날까 봐

나를 한 번쯤은 찾아줄 거라 생각했어

나를 백만 번쯤은 탓하길 바랐어

나를 설레게 했던 너의 부드러운 입술

나를 웃게 했던 너의 하늘거리는 몸짓

*   '바람꽃'의 꽃말 : 사랑의 괴로움

나를 멈춰 세운 지나간 시간들

나를 멈출 수 없게 만든 너의 부재

네가 먼 산속으로 숨어 사는 시간

내가 네온사인에 휩싸여 너를 찾는 시간

우리는

같은 바람소리를 느끼며 살길 바래

가을을 밟는 이유

눈을 까딱 45도 올려봐

가을이야

낙엽 밟으러 가자

바스락-악 한 발자국에

남편한테 뾰족해진 마음이 부서져

바스락-악

뭉쳤던 혈관이 뚫어져

바스락-악

미진이가 준 서운함에 지진이 나

바스락-악

내 부끄러움도 견딜 만해져

바스락 바스락 바스락

바스락 바스락 바스락

바스락 바스락 바스락

가을이 또 그렇게

살게 해

일몰 합주곡

취기 가득한 붉은 하늘이

사람들을 하나둘 불러모았어

턱을 괴는 소녀

돌 난간에 기댄 청년

연인의 등을 토닥이는 남자

여섯 살 꼬마의 손을 꼭 쥔 부부

"야, 존나 멋있잖냐!"

고딩의 목소리가 퍼진다

마음을 몽글이는 하늘을 무대로

저마다의 악기로

서로 다른 박자와 숨결로

선율을 쌓아 올린다

부조화의 부조화

예측할 수 없는 화음이 겹쳐지고

어긋남과 어긋남 속에서

묘하게 완전한 합주가

완성되었다

겨울별곡

더 이상 비울 것이 남아 있지 않은

눈 내리는 날

하늘이 한 번 토해내더니

온 천지가 하늘이고

땅도 뒤질세라 숨을 내쉬더니

온 세계가 땅이 되었다

나무도 가만히

제 모세혈관까지 드러내며 알몸이 된다

우리는 그들이 공들여 닦은 길,

비워낸 세상

한 가운데로

천천히 걸어간다

瑠璃工房

져주기로 한다

아침 햇살이

조금, 아주 조오금

차가움과 따뜻함의 언저리에 있을 때

피부 숨결이

살짝, 아주 사알짝

서늘함과 시원함의 경계에 있을 때

돋아난 잎이

여리게, 아주 여리게

연초록이 짙어지려 할 무렵

봄빛의 유혹에 빠져든다

나른함으로 뽑아낸 거미줄에 걸려

죽어도 행복하겠어

연인의 품보다 매혹적이기에

봄날은 위험해

비 오는 밤

후두둑 후두둑

창문을 두드린다

또로록 또로록

유리창을 타고 흐른다

주루룩 주루룩

젖은 네온이 번진다

따다닥 따다닥

아스팔트가 깨어난다

마음이

·

·

.

.

.

.

흔들린다

어떤 새벽

무슨 이유에서 새벽길을 나섰는지 기억이 나지 않아 가로등 빛이 있어 어둡다고 느끼지 않았어 어두워야 할 하늘은 밝았고 눈에 익게 다가온 그 집들은 왜 하늘보다 더 어둠에 쌓여 있었는지 모르겠어 잠깐의 착시였을까 11월 어스름한 오한이 만들어낸 착각이었을까 아니면 아직도 깊은 잠에 빠져있는 걸까 흔들어 깨워야 할까 망설이다 빨간 신호등이 꺼지자 생각은 멈추고 사라졌어 새벽 공기가 꽤나 차가워

틈 사이로 사이로

차디찬 겨울이 왜 오는지 알아?

화려한 날들이 계속되는 걸 막아주려는 거야

너무하다고?

들어봐!

찬란한 시간은 오래되면 결코 빛나지 않는 법이야

그대로 두면 눈부신 시간에 취하고 익숙해져

지루해지거든, 시시해지거든

스스로 멈추지 못하니까 겨울이 오는 거야

멈춰야 볼 수 있어

멈춰서 또 다른 시작을 준비하라고

봐봐!

다 내려놓으니 너머의 세상을 볼 수 있는 틈이 생겼잖아

여러 겹의 세계가 보이잖아!

춥다고 떨지 마

떨려도 괜찮아

괜찮아

틈 사이로 당당히 걸어가

겨울 블루스

겨울이 오는 이유,

겨울이 추운 까닭은

따스하고 화려한 영광,

당연하다 안주하지 않도록

훌훌 벗어던져

비움의 시간을 만들어 주기 위함이다

오늘,

움츠러들고 시려도 괜찮다

어김없이 봄은 올 테니까

바닷가 빨랫줄에 걸린 마음

바람은 미세먼지 잠든 틈을 타

저 너머 육지도 깨우고

바다와 하늘을 불러들였어

바람과 바다와

바다를 닮은 하늘이

한가로운 유희의 시간을 버무리는 동안

나는

묵은 마음을 흔들어 날려 보내고 있었지

바람 따라

파도 따라

구름 따라

훨훨 사라지게

혹여,

나도 덩달아 따라가 버릴까

누군가가

내 등짝을 잡았어

놔주면 안 될까

가보지 않는 세상 멀리 가 보고 싶단 말야

놓으면 안 돼

미아가 될지 모르니 꼭 붙잡아 줘

어쩌라고?

투닥거리는 사이 옷이,

내가 다 말랐어

비 오는 날에는

바스러질 듯 건조한 대기로

마른침을 삼키며 갈구한

비가 온다

비가 내린다

호흡기를 관통해

온몸을 활보하던

미세먼지는 슬그머니 꼬리를 내리며

숨는다

쉼 없이 욕망에 휘둘리며

질주하던

도시도

잠든다

건널목 그 사람도

마른 심장

축이러

간다

마른 심장

축이러

도플갱어

겨울 새벽

짙은 안개를 뚫고 달린다

희미하고 흐릿한 존재가

대지인지 나인지 알 수 없는 길

걷고 달리다 보니

굽이돌고 돌아

나 같은 이가 달려온다

눈 덮인 마음

화사한 볕에 들뜬 싱그러움이 꼬리를 감추자

따가운 태양은 마른 목마름을 삼켰다

꿈같던 화려한 약속이 말라비틀어지면서

서서히 알몸이 드러나버렸다

부끄러웠던 걸까

밤새 시린 가슴으로 토해낸 하얀 솜이불 걸치고

벌거벗은 마음 가려본다

쉿! 그를 방해하지 않기로 한다

무언가의 뒷모습을

하염없이 바라보고 있는

새 한 마리

뒤따라 푸드득 날개를 펼쳐도 될 텐데

어쩐 일인지

넋을 놓고 있다

먼저 떠난 이를

애도하며 슬픔에 젖어 있다면

이제는 헤어 나오라고 알려야 하나

혼자 가야 하는 길

깊은 심호흡을 가다듬는 거라면

잠시 기다려줘야 하나

이러지도 저러지도 못하고

발걸음을 멈추었다

매화꽃 수다

봄바람 정령이 전해 준 온기로

깊은 잠에서 깨어나

살며시 눈 뜬다

토도독 입술 터트린다

햇살 비 맞으며

꽃잎 머리 휘날린다

진공된 동면의 날들 날려보낸다

묵은 생의 추억 속에 빠진 이들

이번 생을 호기롭게 다짐하는 이들의

토닥토닥 재잘거림이 담을 넘는다

방 안의 속삭임도 꽃들의 수다를 타고 퍼져간다

속닥속닥

두런두런

까르르 까르르

호호 호호호

봄망울이 톡톡 터진다

봄망울이 터진다

어떤 신세계

소복히 쌓인 눈 위로

빨간 단풍잎이 폴짝 내려앉은 겨울 아침, 한겨울이었어

엿들으려고 한 건 아닌데 들렸어

세상 너머를 보고 싶었어

신이 내린 정해진 수명은 어쩔 수 없었지만

궁금해졌어

숨도 적게 쉬고

물도 반 모금씩 먹었어

햇살은 표피 속에 모아두었지

그런 기다림의 어느 날,

여전히 바람이 시비를 걸어대던 날,

온 세상에 신비로운 하얀 빛 알갱이들이 깔리더군

정말 신세계였어

놀라운 세상이었어

그거면 됐어

그거면

이제는 돌아갈 시간이야

고단해

단풍이 날아가버렸어

바닷가 앞 버스 정거장

바닷가 앞 버스 정거장

얼마나 많은 사람들이 머물렀을까

속울음 삼키며 휘청이는 파도를 바라봤을까

청춘을 불태운 열기를 바다에 숨기고 떠났을까

이별 여행의 마지막 징표로 삼았을까

들뜬 사랑 고백을 촘촘히 박아 놓았을까

아무리 물어도

두고 간 사연과의 비밀을 지키려는 듯

정거장은 소리 없는 미소만 짓고 있다

내 마음도 하나 얹어 놓았다.

이곳은 단체석 입
6인이상 모님 분들
네요 !! 그리고 ㅁ
서는 생일케익을
모든 외부음식은 절

Part 4

사물의 숨결에서
발견한
작고 다정한 기쁨

"사물은 말을 걸지 않지만

다정은 그 곁에 남아 있다."

여백을 담은 사진

잠시만이라도

아주 잠시만이라도

세상을 멈추어 보기

그것이,

외로움이든

고요함이든

지루함이든

그것에,

기대든

감사하든

짜증이 나든

그렇게 마주한 순간은

온전하게 나를 드러내는

비워냄으로 채워지는

여백으로 풍요로워지는

순간이다

시간이다

기억이다

삶이다

그리고 지금이다

물수제비

잔 돌 하나 집어 들고

아빠 한 번 통통통

아이 한 번 통통통

엄마는 빙그레 미소

물가엔 봄바람이 불고

버들잎이 하늘거려

누구의 돌인지 모를 파문이

서로의 그림자를 스쳐

돌멩이 자국은 사라졌지만

그날의 물결소리만

아직도 통통통 남아 있어

목각인형이 날 보고 웃었어

공원 연못 정자

전망 좋은 자리를 꿰찬 목각인형

연지 곤지 찍어 곱게 단장한 단발머리

단단한 쇠줄 하나에 대롱대롱 걸려 있다

고요한 날엔 앞만 보다가

어느 날엔 바람결 따라

이쪽도 보도 저쪽도 구경하며 새롭다 하겠지?

그가 아는 것이

세상 전부인 줄 알겠지?

사실은,

그게 아닌데 말이지

그가 상상도 못 할 세계가

어마어마하게 존재하는데 말이지

어쩌면

어쩌면

나도 그처럼

어딘가에 대롱대롱 매달려 있는 건 아닐까?

대롱대롱

만약에 나라면

"기억나니? 칠 년 전 태풍이 찾아왔을 때, 나는 아저씨 티셔츠를 말리는 중이었어."
고참 빨래집게가 말했다.

"기억나요. 아마 이맘때쯤이었을 거예요. 바람이 유난히 세차서 옷들이 거의 다 날아갔었죠."
곁에 있던 중년의 집게가 대답했다.

"그랬지. 그때 나는 영리하게 꽉 붙잡고 있었거든. 평소에는 빨리 마르라고 바람 공간을 크게 만들어 놓곤 했는데, 그때는 벽에 최대한 가깝게 붙어 꽉 잡고 버텼지. 옆집 기둥도 도와줘서 다행히 날아가지 않았어."

"그래서 다리를 다치셨잖아요. 그냥 옷을 놓아줬어도 아저씨는 이해해 줬을 텐데. 뭣 하러 다리까지 다쳐가며……."

부상당한 다리를 바라보며 중년의 집게가 말했다.

"그럴까도 했는데, 아저씨가 가장 아끼는 옷이었거든. 바람에 날아가 버렸다면 많이 속상해했을 거야."

고참 집게는 미소 지으며 대답했다.

모든 이야기를 듣고 있던 막내 집게는 속으로 생각했다.

'또 바람이 불어온다면 나는 어떻게 할까? 아저씨의 속상한 모습도 보기 싫지만 내 다리도 잃고 싶지 않아.'

리모컨을 짊어진 남자

당신 등은 가볍소?

강화도 산속 카페에 들어서자

난데없이 난쟁이 할아버지가 말을 건넨다

이놈이 말이요

언제나 내가 시키기만 하면 말 잘 듣던 놈이었다우

내가 가만히 앉아만 있어도

맨해튼 광장에 데려다주고

아이슬랜드 오로라도 보여주고

아프리카 사파리도 구경시켜줬지

뿐인가

이탈리아 그라냐노에서의 파스타

호주에서의 캥거루 햄버거

홍콩의 뜨끈한 딤섬

폴란드 비고스 스프 맛도 이색적이었어

뭐 그래도 난 김치찌개가 최고긴 해, 하하하

남자는 잠시 말을 멈추고

아주 오래전 꿈을 떠올리는 듯했다

믿기 어렵겠지만,

내가 세상을 호령하기도 했어

백마 탄 왕자도 되어 봤다니까, 정말이네

한참을 회상하던 그는

꿈에서 깨어나기라도 한 듯

눈동자를 굴리더니

보시다시피, 리모컨이 어느새 내 등짝에 올라타 버렸지 뭐
가

뭐 그래도 이 세상 이 정도면 견딜 만하다 싶다가도

오늘은 어째 이 리모컨이 무겁구료

그러고는 언제 말을 했던가 싶게 입을 꾹 닫아버렸다

골목길 X파일

옆집, 앞집, 건넛집, 건너 건넛집

세 발자국이면 닿을 거리

골목은 두 사람이 나란히 걷기엔 비좁아

오가며 마주칠 때는 어깨를 살짝 비틀면 돼

별 볼 일 없는 이곳엔 왜 오냐고?

들어봐, 이건 비밀인데

비좁은 담벼락 기록보관소에는 담기지 못할 파일이 빼곡해

비공개로 분류해도 다 아는 정보지만, 여기서만 볼 수 있
어

술주정뱅이 남편의 폭력에 집 나간 소연이 엄마 이야기

옆집 진영 오빠랑 열여덟 살 미선 언니의 가출 사건

밭일 마치고 집으로 오는 길에 경운기가 논두렁으로 굴러

Hotel & Restauration Goldener

오른팔을 잃은 영철 엄마의 불운

중학교 2학년 때 강물에 빠져 죽은 내 친구 미주의 비극

모른 체했지만, 내 아버지가 옆집 아줌마랑 바람 난 소문

녹슨 골목길, 먼지 쌓여가는 X파일 문서철

조용한 골목 어귀, 좋은 이야기도 아닌데

나라도 들어줄까 해서

오늘도 골목길로 접어들어

익선동 거리를 헤맸어

오랜 기억에 터 잡은 한 집 한 집

좁은 골목길 가지마다 사람들이 주렁주렁

오가는 발길로 다져진 익선동 거리

이곳에 온 이유를 발견하다

세상에 없던 향기를 만나다

세상에 없던 향기

그러나 지금은 존재하는 향

다른 무엇과도 같지 않은 내음

오직 고유한 향기로움

'나만의 향기'

그 향을 만들기까지 고단한 과정을

지나고,

지나가고 있고,

지나갈 것이겠지만

이렇게 자신과의 조우는 벅찬 감동이다

사물의 시간

무표정을 가장한

미세한 파장

무심의 몸짓에서

터져 나오는 열기

무감의 공간으로 퍼지는

독특한 아우라

시니컬의 커튼 뒤로

당신의 향기는,

짙다

깊다

완전 범죄

빛의 습격을 받았을 뿐이야

뫼르소[*]의 거사 시간은 오후 2시, 태양빛

하룬^{**}의 거사 시간은 새벽 2시, 달빛

그녀의 거사 시간은 5시 30분, 일몰 빛

달라지는 건 없다

이유도 없다

오늘도 이방인의 죽음은 이어지고

빛은 태연하게 사라질 것이고

그녀의 살의는 커튼 뒤로 숨을 것이다

*　　뫼르소 :《이방인》의 주인공 이름
**　하룬 :《뫼르소, 살인사건》의 주인공 이름

동전의 세레나데

동전의 앞면은

네가 날

꼭 붙잡는 거야

동전의 뒷면은

내가 널

놓치지 않는 거야

AUD
HEPI
BREA

ZAHRANIČNÍ FILMY NA

골목 정거장[*]

그럭저럭 살아가는 동안

문득문득 떠오르는 나의 살던 고향을

명절마다 눈에 담아오곤 했지요

그럭저럭 살아가는 동안

고향을 지키던 부모님이 떠나신 후로는

간간이 소식을 전해 듣곤 했지요

그럭저럭 살아가는 동안

먹어도 먹어도 허기에 허덕일 때는

골목 정거장으로 향합니다

서울 복판에서 운행되는 호남선행에 올라

갈매기살 한 점과 두꺼비 한 병의 티켓 끊어

* 〈바닥〉에 수록됨

갈 수도 없고 반기는 이도 없는 그곳으로 갑니다

책 냄새[*]

빽빽이 들어선 책 틈에 서면

한평생 책들의 포로가 되어도 좋겠다는 생각이 든다

세상 다 가진 사람 같은 거만한 웃음이 배시시 흐른다

책 속에 묻혀 있을 때 가장 참을 수 없는 건 냄새다

책 냄새

습기와의 오랜 전쟁의 상흔 같은 퀴퀴한 냄새

문장 어딘가에 무덤을 쌓았을 책벌레의 쿰쿰한 냄새

빗속에서 걸어 나온 듯한 종이 비린내

활자의 혼합물이 삭혀지는 큼큼한 냄새

몇백 년의 먼지가 환생을 거듭하며 내뱉는 숨 냄새

곰팡이가 햇살에 화들짝 놀라 주춤거리는 곰삭은 후추 냄
새

갓 잉태된 언어가 산화된 조상에 스며드는 떨림 냄새

저마다의 이야기가 공기 중에 부서지는 파동 냄새

책에서는 향기가 아니라 냄새가 난다

책 냄새는 기억이다

책 냄새는 추억이다

책 냄새는 블랙홀이다

빛의 사각지대

빛나는 세상의 시간에

머무는 것이 제일인 줄 알았다

환한 세계에서 주목받는 것이

행복인 줄 알았다

빛을 쫓느라 부릅뜬 눈이

시력을 잃어가고

화려한 무대 조명에

숨이 말라비틀어질 즈음에야

빛의 사각지대가 나타났다

비로소 자유다

바다와 포클레인

"뭐 하고 있니?"

바다가 작정하고 물었다

"잠시 쉬고 있어."

포클레인이 대답했다

"한가한가 봐?"

바다가 또 물었다

"모르는 소리 하지 마. 난 늘 바빠.

경치 좋은 곳은 많고

나는 사람들을 위해 땅을 파헤쳐."

포클레인은 다시 움직이기 시작했다

.

.

.

.

.

바다는 곰곰이 생각해본다

"그래, 사람들을 위해 불면의 밤을 조금 참아보자."

찾아가는 것이 아니라 발견하는 일

오랫동안 행복은 멀리 있다고 믿었다. 손을 뻗어도 닿지 않는 저 어딘가, 누군가는 쉽게 찾지만 나는 유난히도 더딘 사람이라 여겼다. 있기나 한 건지 의심하며 남들 곁에 핀 행복만 부러워했고 나의 몫은 늘 어딘가에 숨어 있다고 생각했다.

그런데 이상한 일이다. 모든 걸 내려놓고 잠시 멈춰 서서, 아무것도 하지 못한 채 주저앉아 있을 때 그제야 행복이 모습을 드러냈다. 알고 보니, 지나고 보니 행복은 멀리 있지 않았다. 누군가의 삶을 바라보느라 내가 스스로 밀쳐둔 자리, 그 한 뼘의 공간에서 아주 오래전부터 조용히 나를 기다리고 있었다.

행복은 찾아가는 것이 아니라 이미 내 곁에 와 있는 것을 발견하는 일이었다.

그 발견을 혼자가 아니라 함께 걸어준 이들이 있다. 책이 언제 나오냐고 늘 물어주던 여리독서 모임의 사람들, “잘하고 있다”는 말 한마디로 내 마음의 저울을 바로잡아준 정현미 선생님, 그리고 남의 편과 내 편을 오가면서도 결국 가장 가까운 편에 서 있던 남편에게 감사하다.

돌아보면 늘 혼자였던 것 같았는데 나와 말을 트고 세상을 바라보니 혼자였던 적이 없었다는 걸 알았다.

만약, 행복이 이미 와 있는데도 모른 채 지나쳐버린 채로 여전히 헤매고만 있었다면 어쩔 뻔했을까.

나의 다정한 행복에게

펴낸날 **초판 1쇄** 2026년 1월 15일

지은이 윤혜옥
펴낸이 김선규
펴낸곳 더케이북스
출판등록 2019년 10월 31일 제2019-000124호
(07788) 서울시 강서구 마곡중앙로 161-8 두산더랜드파크 B동 1007호
전화 010-9085-2936
팩스 0504-185-2936
thekbooks@naver.com

ISBN 979-11-992893-2-1 (03810)

이 도서의 국립중앙도서관 출판시도서목록(CIP)은 서지정보유통지원
시스템 홈페이지(http://seoji.nl.go.kr)와 국가자료공동목록시스템
(http://www.nl.go.kr/kolisnet)에서 이용하실 수 있습니다.

- 책값은 뒤표지에 표시되어 있습니다.
- 잘못된 책은 구입하신 서점에서 교환해 드립니다.

책임편집 서지영